Conforme à la loi n° 49.956 du 16 juillet 1949 sur les publications destinées à la jeunesse.
© Éditions Nathan (Paris-France), 1997
ISBN : 2-09-202021-8. N° d'éditeur : 10048341
Dépôt légal : août 1998
Imprimé en Italie

T'choupi n'a plus sommeil

Illustrations de Thierry Courtin
Couleurs de Sophie Courtin

NATHAN

T'choupi s'est réveillé
très, très tôt ce matin.
La lune est même
encore là !

– Coucou, maman,
je suis réveillé !
Tu me fais à manger ?

– Mais voyons T'choupi,
il fait encore nuit.
Va vite te recoucher !

– Papa, je n'ai plus
sommeil. Tu viens ?
Je veux m'habiller.

– Non, T'choupi,
il est bien trop tôt.
Je te ramène dans
ton lit. Essaie de dormir
encore un peu.

– Je ne veux plus
dormir. Alors, j'écoute
de la musique.
Ah ! C'est ma chanson
préférée.

– Mais T'choupi,
que fais-tu ? Ça suffit !
Tu fais trop de bruit.
Recouche-toi vite !

– Youpi !
Regarde, Doudou
comme je saute haut.

– Le petit-déjeuner
est prêt ! Mais où est
T'choupi ?

– T'choupi !